親友に辿り着くまで

松村 俊孝

文芸社

目　次

友との出逢い　4
銀座の休日　9
朋美の人気　12
合コン、そして告白　18
朋美の理想と優花の思惑　24
成人式の着物　32
オーストラリアでの出来事　37
井上と亮の言葉　46
朋美の手紙　56

友との出逢い

中山優花《なかやまゆうか》は、あの日あの時まで、たった一人の親友、橋本朋美《はしもとともみ》に慕われ頼られていると思っていた。そう……あの時……他国の地で知った友の心の内側。

私のただ一人の親友橋本朋美……そんな彼女から結婚式の招待状が届いた。

白鳥学園大学を卒業して四年目の秋のことだった。

二人は、大学を卒業してから、一度も会うことがなかった。連絡さえ取っていなかった。

ごく普通の女子大生の優花と朋美は、かつてクラスは違ったが同じ高校に通っていた。互いに顔は知っていたものの、話をしたことはなかった。そんな二人が同じ大学で偶然出会ったのだ。「白鳥学園大学」は、世間ではお嬢様学校と言われ、比較的、経済的に裕福な層の人たちが通う大学だった。

優花は大学を受験して入学した。だが橋本朋美の方は大学と連携している専門学校への入学で、専門分野の一部の授業を大学で受講する形である。

入学式の日、優花の方から朋美に声を掛けた。

「あっ！　あなた、私と同じ高校だったわよね」

「あっ、はい、そうです」

朋美が戸惑いながら答えた。

「あぁそう。あなたも白鳥学園に入学したのね」

「あっ、でも私は、専門科目だけの受講なんです」

「えっ、そうなの。えっどうして？」

「あっ、やっぱり入学金や授業料とかお高いから。私は母子家庭で、経済的にちょっと無理なの」

「えっ、そうなの。せっかく入学したのに逆にもったいない気がするけど……。それにしてもあなたが同じ大学にいてくれてよかったわ。私って一人っ子だから、自分から人と打ち解けるのって苦手なのよ。同じ高校のあなたがいてくれて心強くなったわ」

「こっ……こちらこそ。私でよかったら、よろしくお願いします」

優花は家族に呼ばれたので、「じゃあ、また」と手を振りながら離れた。

入学式も終えて、いよいよ本格的に大学の授業が始まった。様々な教授の授業を受ける中、二人は、「朋美」「優ちゃん」と呼ぶ仲になっていった。二人共、栄養士の資格が取れる食品栄養学部の講義を受けていた。

ある日、優花が朋美に言った。

「ねえ朋美、大学ってさ、自分たちの教室がないじゃない。なんか落ち着かないよね」

「そうかなぁ。私は、自由な感じで心地いいけどな」

「まぁ確かに自由は自由よね。好きな服を着れるし、化粧もできるしね。あっ！　そうだ、今度の日曜日、銀座にでも洋服買いに行こうよ。ショッピングしようよ」

朋美は一瞬、顔を曇らせた。

「あーそうね、でもあまり遅くまでは付き合えないかも……」

「えっ、どうして？　だってショッピングの後、ディナーも一緒にしたいじゃない」

「そう、そうよね、母さんに聞いてみるね。日曜日はいつも母さんを手伝って、洗濯や食事の支度をしているから」

朋美はなるべく母の役に立ちたかった。何故なら小学校の教員だった父は、朋美が一歳の誕生日を迎える前に病に見舞われ、母の看病も空しく他界してしまった。兄はまだ六歳だった。母はそれからというもの、二人の幼子を抱えながら看護の勉強をして資格を取り、二人の子を育てながら、今も、看護師として患者さんを支え頑張っている。朋美は少しでもそんな母の負担を減らしたくて家事を手伝っている。

優花が不服そうに言う。

「そうなの？　でもきっと、お母さん許可してくれるわよ。だって私たちは年頃の娘なんだし、今いろいろ楽しまないで、いつ楽しむのよ」

新しい環境で優花とせっかく仲良くなれたのだから、なるべく優花の望み通り一日中付き合おうと思った。

そして朋美は母に頼み、夕食も兼ねての一日ショッピングの許可をもらった。

何不自由なく育った優花は、大学生にもなって、なぜわざわざ母親の許可が必要なのか理解ができず、朋美の家族は面倒なんだなぁと思ったのだった。

朋美が優花に問う。

「私、銀座で外食なんてしたことないの。それに高級なところには行けないけど、構わない？　母にこれ以上負担掛けられないから」

「そういうことなら、大丈夫よ。銀座でも老舗のステーキレストランで、高い店なんだけど、なぜかステーキ丼っていうのがあって、なんと二千円で食べられるの。高級和牛なんだけど肉の量が百グラムなのよ。でもね、焦がしニンニク醤油がかけてあって、さらに刻み生姜と刻み海苔がかかっていてすごく美味しいのよ」

「えー本当に？　二千円なら私もいただけるわ。嬉しい。楽しみだわ」

「でしょう？」

優花は朋美の期待に満ちた笑顔を見て、自分も嬉しくなった。

銀座の休日

そして当日、二人は銀座を巡り歩く。ショッピングを楽しむ優花に付き添うだけの朋美は、銀座で買い物をしたこともなければ、そもそも遊びに来たこともない。周りをキョロキョロと見回すばかりだ。

優花は朋美と一緒に歩いていると、周りに自分も田舎者と思われないかが気になった。

優花が行き付けのショップに入ると、服のプライスを見て、朋美が言った。

「えっこんなに高いの？　えっブラウスが一万円以上もするなんて」

「この辺は皆このくらいのプライスが標準よ。次に行く店は有名ブランドだから高いけど、高いとか、すごいとか言わないでね。なんか恥ずかしいわ、田舎者みたいで」

「あっ！　ごめんなさい。私、つい。ごめんね」

朋美は素直に返す。

「うん。分かってくれればいいの。それでさ私ね、さっきの店のニットの上下も気に入っているんだけど、このハイウエストのオレンジのフレアースカートも気に入っていて、すっごい迷っているのよ。朋美、どう思う？」

「えっ、私は黒のニットの上下の方が好きだけど」

「そう？　そうかなぁ。でもこのフレアースカートも捨てがたいなぁ……あーもう、いいや。両方買っちゃおう。父さんからカードを借りていて三万円までって言われてるけど……。うちの父、金銭感覚が古いのよ。今時は十万円くらいないと服なんて買えない」

朋美は、どんぐりまなこでキョトンとした。朋美は、心で呟いた。

(十万円……私の家の親子三人の一ヵ月分の食費だ)。

朋美は、母と兄との三人家族である。

そして二人が、レストランに着く頃には午後七時を回っていた。二人が席に着くと、ウエイターからメニューを渡された。優花が言い出した。

「ねぇ朋美！　ステーキ丼はやめて、こっちにしようよ。このディナーセット、二百グラムのステーキに、グラスワインとフルーツ、コーヒー付きで！　なんと七千八百円よ。これ、良くない？」

「えっ……でも私は、ステーキ丼でいいわ」

「あぁそう。じゃ私は、こっちにするね」

「あっ、ど……どうぞ」

朋美は、何となく惨めさを感じた。

ステーキ丼は、朋美が今まで食べた中で最高に美味しいお肉だった。それなのに、目の前の優花のところに並べられた豪華なディナーセットのおかげで、美味しいステーキ丼のはずが、なぜか次第に味がしなくなるのだった。

優花は、そんな朋美の沈む気持ちを読み取れず、言った。

「すっごく美味しかったね」

「そう、そうだね」

「また来ようね」

「あっ……うん」

朋美は、なんとなく優花に振り回されがちになっていく。

朋美の人気

大学に入学して早半年が経とうとしていた頃、優花が朋美に言った。

「ねえ、今のうちなら専門学校生から大学生としての入学に変更できるらしいよ。朋美も大学に切り替えなよ」

「えー？　それは無理」

朋美は、実は悩んでいた。なぜなら本心は大学生として学び将来の道を選択したかった。でも現実はどうする事もできない自分がいる。でも優花と話していると何となく望み通りになれるような気がするのだ。優花は無邪気に言った。

「えーどうして？　だって大学生なら、例えば教職課程の授業を受ければ教師にもなれるし、逆に親孝行できるんじゃない。もちろん、国家試験に受かればだけど」

「でも母が大変だから。今でさえ夜間勤務を増やして無理してもらっているのに。兄も大学院に進む予定だし」

「じゃさ、バイトすればいいじゃない」

「えっ、でも、うちの学校、バイト禁止だし」

「禁止じゃないよ。届出制。変なバイトをしないようにかな？　だったらさ、私の叔父の会社でバイトすれば？　それなら大丈夫じゃない。叔父の会社は、私の父の会社の親会社なのよ。父は部品製造だけだから男性の工員しか必要ないのだけど、叔父の会社なら健康器具の箱詰めとか女性の工員もいるし。私、叔父に頼んでみる」

「あっ……ありがとう、でもバイトは、やっぱりいいわ。大学に変更する件は母と相談してみる」

優花は事を進めるのが早過ぎるのでとりあえず、アルバイトの件は断った。だが、大学編入の件は、自分の思い描いていた亡き父と同じ道……顔も写真の中でしか知らない、優しく朋美を抱く父と、同じ教員になりたいという思いがあった。


そして優花の思い通り、朋美も晴れて大学生となった。

優花が安心したように言った。

「あーよかった。朋美が同じ大学生になって安心した。私って本当に人見知りだから、朋美が受けられない授業がある時、なんか私一人浮いちゃうのよね。だって、うちの栄養学部の学生たちってさ、馴染めないのよ、なんかさ。地方から来ている学生が多くて」

「えっ！　そういう理由だったの？　私に大学生になるように誘ったのって……」

と朋美が唖然としたので、優花は焦った様子で言った。

「そうじゃないけど。もちろん朋美の将来のことを思ってのことよ、決まってるでしょう」

「そう、そうよね。ありがとう。それと私、教職の授業も受けることにしたの。優ちゃんは、どうする？　教職の授業」

「あー、私は教師になる気はないの。ダイエットのためカロリー計算とかできるようになり、とりあえず栄養士の資格があれば何かと有利じゃない」


朋美が全ての授業を受けるようになると、学部の皆とも打ち解けていった。まるで高校時代のクラスメートのように親密にまとまっていった。そんな朋美を通じて優花も、なんとなく皆と馴染んでいった。

だが、優花の心は沈む。それはなんとなく皆、朋美を中心に集まってくる気がするからだ。優花は少し不機嫌になりがちになっていた。

それに朋美は教職課程の授業を一緒に受けている石田勝枝《いしだかつえ》と仲が良くなっていると優花には思えた。そんな日々の中、朋美が言った。

「ねえ優ちゃん、今度の日曜日、例の店にステーキ丼を食べに、石田さんと三人で行かない？」

「えっ石田さんと？　いやよ」

優花は反射的に答えた。朋美と二人ではないことに抵抗があったのと自分の好みでもない石田と一緒に行動するのは苦痛に思えた。

「ど、どうして」

「だってあの人、茨城に住んでいるだけあって、髪はゴワゴワの真っ黒だし頬は赤くて、どう見ても田舎者だもの。一緒に銀座なんか行けない」

優花は外見にこだわる性格だった。

「そんな……そんな言い方、石田さんに悪いわ」

「分かってる。分かっているけど一緒に歩きたくないのよ。仕方ないでしょう」

優花は意地を張り、朋美はため息をついた。

「そう、分かったわ。じゃ私たち二人で行ってくるね」

優花は感じ始めていた。大学生になってから、朋美は皆と仲良くなっていき、自分からは離れていく気がした。こんなことなら朋美は専門学校の生徒としてこの大学に通っていた方がよかった。私だけが朋美と仲良くできた。朋美も部外者的な立場で遠慮があったし、仲良くしてくれる優花に感謝しているようだった。

優花は思う……やっぱり人は、分相応にしている方がいいのかもしれない。朋美の優花に対する態度も、専門学校の生徒として通っていた時の方が、一歩下がった感じだった。なのに今は対等に接してくる気がする。それに自分より学部の皆とも打ち解けるのが早いし、自分だけ取り残された気がして、優花はなんとなく不愉快になった。

合コン、そして告白

そんな、もんもんとした気持ちの日々を過ごす中、学部の女子の一人が優花たちを誘ってきた。

「ねえ、今度T大学の医学部の学生と合同コンパをすることになったの。中山さんたちも一緒にどう？」

「もちろん参加するわよ」

優花は二つ返事だった。

なぜならT大学の医学生なら、つまり将来は医者か大学病院の教授ということだからである。だが、朋美はあまり乗り気ではなかった。そこを優花が、いつものように強引に持っていき、結局、朋美も合コンに参加することになった。

そして合同コンパ当日、男女共ちょうど五名ずつが長いテーブルに向かい合う形で席に着いた。さすがT大学の医学部の学生だけあって錚々たる面々に優秀さや育ちの良さが感じ取れ、優花たちには魅力的に映った。

ただし、異性として意識できる相手は、優花にとって五名のうちのイケメンである二人だった。優花は決心し、気合を入れた。

（二人のどちらかを、絶対ゲットしてやる）

長テーブルでの会食の後、全員でカラオケ店に移動する。

そして優花は、お気入りの彼、川島亮《かわしまりょう》と晴れてカップルになれた。

そしてもう一人のイケメン田中慎之介《たなかしんのすけ》は、合コンに乗り気ではなかった朋美とカップル成立となり、もう一組のカップル成立となったのは、石田勝枝だった。この合コンで、めでたくカップルになったのは、優花、朋美、勝枝の三人だった。

優花は、田中慎之介も気に入ってはいたが、慎之介の方は明らかに朋美を気に入っているようだった。優花も、また川島亮の方に惹かれていた。確かに慎之介は爽やかな好青年ではあったが、優花は川島亮の少し不良っぽいところになんとなく男の色気を感じ、惹かれた。こんな男性が、T大学の医学部だなんて素敵すぎる、と大のお気に入りになった。

優花は、高校が女子校ということもあって男性と交際するのは川島亮が初めてであった。優花と亮は互いに会える時間を作り、デートをした。優花にとって初めての男性との交際。優花は幸せを噛み締める。

二人でハイキングに行くこともある。亮は料理が得意で、郊外でデートをする時はサンドイッチを作り、持ってきてくれる。卵サンドにカツサンド、レタスが入ったハムサンド……どれも優花にとっては、今までで一番美味しいサンドイッチだった。それを、青空の下で食べると、最高の気分であった。

二人乗りの自転車で高原を走ったこともあった。優花は亮の背中を見つめながらペダルを踏んだ。だが、何度デートを重ねても、亮は一線を越えようとはしなかった。

そんなある日、優花は思い切って誘ってみた。

「ね！　春休みに入ったら二人で旅行に行かない？　温泉とか」

付き合って、かれこれ半年が経っていた。キスは何回もしているのに、その先がなかったからだ。

それに対して、亮は神妙な顔で答えた。

「あーうん、そうだね……優ちゃん、実は俺、優ちゃんに隠していることがある……」

「えっ何を」

「俺さあ、T大学の学生じゃないんだ」

「へっ！」

「俺さあ、田中慎之介の高校の時の同級生なんだ……と言っても田中はクラス一の優等生で、俺は俗に言う不良だけど。田中とはなんとなく馬が合うって言うか友達で、今回もどうしても一人足りないから人数合わせで誘われて……。俺も女子大生なんて普段全然縁がないから興味があって。もちろん、俺以外は皆T大学の医学生だよ」

「じゃ亮君は、どこの大学なの？」

「うん、どこの大学でもない。働いている。俺、バーテンダーなんだ」

優花は頭の中が、真っ白になった。

「バ、バーテンダーって、バーでお酒をつくる人？」

「うん、そうだよ。夜の店で働いているんだ」

「そんな！　それって私を騙したの？」

「うん、結果的にはそうなるね。でも俺の気持ちは、騙そうとしたわけじゃないよ。合コンには、参加するだけで、誰かと付き合う気なんて全然なかった。所詮俺とは住む世界が違う女子たちだし、それに俺の中の女子大生のイメージは地味な感じで、『知性を振りかざす』って感じだった。

　実際に、優ちゃん以外の女子は想像通りだった。でも優ちゃんは違った。可愛くておしゃれで、輝やいていて、モデルみたいだった。俺、ひと目で優ちゃんに惹かれちゃったんだ。そしたら優ちゃんも俺を気に入ってくれて！　なんか夢のようだった。そして優ちゃんと付き合うことができて……夢から覚めることができなかった。本当のことを打ち明けて正式に交際してほしいと何度も思っていた。それが俺の最大の望みなんだ」

「急に、バーテンダーって言われても……亮君のことは、好きだけど……怖くてあなたの世界に私は行けない。バーテンダー……夜の仕事……その世界で生きている亮君に、私の人生を預けられない……ごめんなさい」

それが優花の正直な気持ちだった。

「そうだよな。分かっていた……きっと駄目だろうなって思っていた。もう優ちゃんとは終わったってことなんだね。夢のような時をありがとうね。きっと幸せになってくれよな」

その夜、優花は泣き明かした。悲しくて、空しくて、悔しくて、胸が抉《えぐ》られるようだった。自分が思っていたよりも、優花は川島亮を好きになっていたのだ。

朋美の理想と優花の思惑

次の日、優花は朋美を呼び止めた。

「朋美！　私、あなたの彼氏の田中さんに言いたいことがあるんですけど」

「えっ、どうしたの？」

朋美は困った顔をしながら答えた。

「うん、亮君のことで文句を言いたいの」

「えっ、そうなの。あーでも、私、あなたの役に立てそうもないわ」

「はっ？　どういうこと」

「私、田中さんと別れたのよ」

「えっ、嘘、いつ？」

「そうね、そろそろ三ヵ月くらい経つわね」

「えー、だって田中さん、朋美のこと、すごく気に入っていたじゃない」

「うん。私の我がままで、別れてもらったの」

「はあー？　何言ってるの。将来は医者よ、しかもイケメンだし、なんの不満があるの」

「そうね、田中さんは良い人よ……でも私、母が看護師だから医者がどんなに過酷な仕事か知っているの。寝る間もないほど大変で、恋人や家族と過ごす時間など、ほとんどないこと……。それに、一番の理由は、田中さんと結ばれるべき人は、私じゃない気がするの。私は家族が一番である男性と付き合いたいし、自分と同じ景色を見てくれる人と結婚したい。だから結婚という目標を持たない付き合いは空しいし、お互いの人生に迷いが出るだけだから、二人のために別れた方が良いと思って別れたの」

優花は唖然とする。この時の優花には、朋美の気持ちが理解できなかった。

ふっと優花は、田中慎之介と付き合えるチャンスだと思った。そこで朋美に迫った。

「でも、どうしても亮君のことで相談があるから連絡を取りたいのよ。私、直接田中さんと連絡を取るから、電話番号を教えて」

「えーでも私、全部消去してしまったのよ。今、なんとか思い出すね。うーんっと△△○○△…だったと思う」

「うん、分かった。ありがとう」

優花は朋美には言わず、田中慎之介にアタックをする決心をする。なぜなら、こんな高条件の男性には、そう簡単には出逢えないからだ。


次の日、夕食を済ませた後、優花はさっそく電話をする。

「はい？」確かに、慎之介の声だった。

「私！　朋美の親友の中山優花です。覚えていますか？」

「あー合コンの時の。川島と付き合っている」

「えぇそう。その優花です。でも、もう川島さんとは別れました」

「えっ！　そうなんですか。川島、すごく喜んでいたけどな」

「そうですよ。田中さんのせいですよ。私てっきり同じ大学の学生だと思ってました。

でも……」

「あっすいません。やっぱり、そういうことって重要ですか？　本人が良ければ、というわけにはいかないものですかね」

「それは、とても重要なことです。ある意味、詐欺に当てはまると思います」

「えっ、それは本当に申し訳ない」

慎之介に悪意があったわけではないが自分は軽率だったと思い、彼は素直に謝った。

「まあ、もういいですよ。過去のことなので。それより田中さんこそ朋美と別れてしまったのですね」

「そうなんですよ、それなんですよ。僕は、今でも朋ちゃんのことが大好きなのですが……朋ちゃんは僕のこと、何か中山さんに言ってませんでしたか？　どんなところが嫌だったのか」

「それですよ。男性はすぐ目の前のことを聞いてくるけど、女性は未来のことも考えているんです。田中さん自身を気に入らないわけではなくて、田中さんが将来医師になることが悩みだったんです」

「え、どういうことですか」

「彼女は、共に人生を歩み、共に同じ時間を過ごしたい。そういう男性と出逢いたいということです。だから朋美もいろいろ悩んで結論を出したのだと思います」

「そうですか。では、僕が医者にならなければ、また付き合ってもらえるってことなんですね」

「それは、どうかな……多分、違うんじゃないかな、住む世界が。それに朋美は気付いたってこと。そもそも朋美は庶民的な感覚なんだと思う。母子家庭で育って、家族が常に一緒の世界、同じ思い……みたいな。でも私の場合、家族は常に一緒というより、父は朝から晩まで仕事一筋、それを母が支えているという家庭で育ったから、田中さんの将来みたいに医者として全力で仕事をしている男性と、一緒にいる時間がなくても、それを陰で支えることができると思う」

「へー、そうなんだ」

田中は何となく、朋美を下に見ているような、優花の物言いに、不愉快な気持ちにさせる人だなと思う。

「そうよ。だからこそ同じ価値観になれると思うの。今度、朋美の代わりに誘ってほしいなあ。どうかしら」

「えっ、急に言われても、そうだな……あっ、そうだ僕、明日朝早いんだ。教授の学会に参加するので。朝弱いし、このへんでごめんね」

急展開に慌てる慎之介だったが、優花は粘った。

「えっ、そうなの。私全然、朝早く起きられるタイプなの。明日の朝、スマホで起こしてあげる。寝坊したら大変だから」

「そんな、いいよ。悪いから」

「そんなことないわよ。ぜひそうさせて。何時にコールすればいい？」

「え、まあ、五時に起きようと思っているけど」

「はい、了解。五時ですね、じゃ明日ね」

「あ、ありがとう」

と通話は切れた。

優花は心で叫ぶ。

（よーし、掴みはＯＫね！　そうだ、母さんに言っておかなきゃ）

と母がいるリビングに頼みに行った。

「母さん、明日の朝、絶対四時五十分に起こして」

「えーそんなに早く起きられるの？」

「大丈夫よ、絶対起こしてよ！　起こさなかったら、私一生恨むからね」

「はいはい、起こしますよ、おやすみ」


優花は幼い頃から何をするにも母と一緒に行い、常に母を頼っている。自分一人では何もできない。母に手伝ってもらうことは当然のことだった。翌朝、取りあえず、母に起こしてもらい、田中慎之介へのモーニングコールは済ませた。

一日空けて、優花はまた慎之介にコールする。

「もしもし」

「あっ、中山さん、昨日はありがとう」

「ううん全然。役に立ててよかった。やっぱり彼女がいた方が何かと便利よ」

「うーん、でも友達としてならいいけど、僕、やっぱり朋ちゃんのこと、そう簡単に忘れられないし、心の中で朋ちゃんのことを思い、中山さんと交際するなんて絶対、無理だよ……ごめんね。中山さんだったら僕なんかより良い人が見つかるよ」

と、田中は優花の申し出をはっきり断ったのだ。

優花は、かなりのショックを受ける。なぜならば、田中が喜んで優花を迎え入れてくれると信じていたからだ。優花は心の中で叫んだ。

（どうして私じゃ駄目なの、私のどこが朋美より劣っているの。亮君も言ってくれたわ。『優ちゃんは、おしゃれで可愛い』と。朋美はおしゃれでもないし、美人だけど地味すぎて、美人であることさえも気付かれない。それに年齢より老けている。それなのに、皆どうして朋美に惹かれるんだろう。それに朋美は田中さんを振ったのに……。私は、私は、こんなに頑張っているのに。私の良いところに気付いてくれたのは亮君だけなの？）

こうして優花と朋美それぞれの恋愛は終わった。

そして、合コンカップルのもう一組のカップル、美人とも可愛いとも言いがたい石田勝枝だけが将来を約束する仲となった。

成人式の着物

その石田勝枝と朋美の仲がますます密になっていると、優花は感じていた。優花は同じ学部で、例の合コンに誘ってきた原田直美《はらだなおみ》に話し掛けた。

「ねえ、なんか最近、朋美と石田さん、ベッタリな気がしない？」

「あーそうね。でも橋本さん、石田さんにお世話になっているからじゃない」

原田は優花が知らないことを口にした。

「何それ、なんの世話になっているの？」

「うん。なんか橋本さんって、この学園に入学することが経済的に大変だったみたいよ。だからお金に困っていて。石田さんの家って結構規模が大きい農業を営んでいて、収穫の時期にお手伝いして報酬を受けているみたい。学園にも相談して特別に許可を取ったみたいよ」

「えー何それ、全然聞いてないわ」

自分に話してくれなかったことに優花は驚いた。

「だってそんなこと、なるべく隠したいじゃない」

「だって私は、朋美の親友よ」

「うーん、案外、近しい人には知られたくないとか？」

原田は、そんな世間知らずの優花に、可愛らしさと同時に憐みも感じるのだった。


優花は朋美を探し、彼女を見つけると迫った。

「朋美！　石田さん家で、バイトしているそうね。だから私が、叔父の会社を紹介するって言ったでしょう」

「あっ、でも本格的なバイトじゃないし、忙しい収穫の時だけ少し手伝いに行っているだけ。野菜とかいろいろいただいて、少しお小遣いもいただいているの」

「何よ、それって、ほとんどただ働きじゃない。石田さんに利用されてるんじゃないの」

「そんな……そんなことないわ、全然。それにすごく楽しいし、いろいろな経験もできるし、この間行った時は山羊のミルクを飲ませてもらって、すごく濃厚で、甘くて美味しいのよ。それに、もぎたてのトマトを丸かじりして、これがまたフルーティで美味しいの！　私、今まで、スーパーのトマトしか食べたことなかったから感動しちゃった。それにいただいて帰ったウコッケイの卵とかも初めて食べて。味が濃くて、甘味が口に残る感じって、家族もすごく喜んでた」

朋美は、いいことを思いついたとばかりに、明るい顔で優花を誘った。

「今度優ちゃんも一緒に、石田さんの家に行かない？」

「いやよ！　農家の仕事なんてしたくないわ。爪の中に土とかが入ったりしちゃうじゃない」

「あ、そうだったよね。優ちゃんは爪、すごい綺麗にしてるし、ネイルサロンにも通っているものね」

「そうよ。朋美も、いい加減にしないと肌が焼けて黒くなるし、すごいダメージ受けるし。だいいち来年の成人式に肌が黒くて、全然振り袖が似合わなくなるわよ。……振り袖と言えば、もうそろそろ予約しないと良い柄がなくなるわよ、私は、もう母さんと決めてきたの。朋美はどうした？　まだだったら、私が行った呉服屋さんに行く？　私、一緒に行ってあげる」

「え、私は大丈夫よ。リクルートスーツで成人式に出席するから」

「えー、何言っているの。一生に一度の成人式よ。後悔するから絶対振り袖にした方がいいわよ」

「うーん、でもそんな大金使えないし。バイト代は貯めているけど、それは学園の研修旅行の資金にしようと思っているから、振り袖はパスするね」

「えー、やめてよ、リクルートスーツなんて。じゃ振り袖じゃなくても、せめて和服着ようよ。よかったら、私、母さんに聞いてみる。母さんは和服が趣味らしくてたくさん持っているから。若い時に着た付け下げとか、きっと良い柄があるわよ。貸してあげるから和服着なさいよ」

優花は、相手にとってこれが最善と思い込むと、かなり強引に押し付けてしまう。だが、大体、相手にとっては迷惑なことが多い。結局、朋美は、優花の母の着物を着ることになってしまった。

ただ、着物を返却する際、呉服屋に行き、汚れ落としをしてもらい、有名店の菓子折りを添えて朋美は優花の母に着物を返した。思わぬ出費にはなってしまった。

そして朋美の母は朋美に詫びた。

「朋ちゃん、振り袖を着せてあげられなくて……ごめんね」

朋美は本当に何も気にしていなかったのだ。本当にリクルートスーツで充分だった。

それが優花から和服を借りたことで、母の心に負担を掛けてしまったことが、朋美は悲しかった。朋美は知っていた。父が他界してから母は身を粉にして働いて私たちを守ってくれている。そんな母に謝罪の気持ちを持たさせてしまったことが悔しくて悲しかった。優花に悪気は無いことは分かっていたが悲しさと同時に腹立しくなった。

このことを切っ掛けに、朋美は優花と距離を置くようになった。母を悲しませるなら、なるべく優花とは関わりたくないと思ってしまったのだ。

朋美から距離を置かれていることに、優花は気付き始めたが、朋美に対して親切にしている自分が嫌われているとは思いもしなかった。優花は、石田勝枝に対して朋美が遠慮をしているために、自分から遠ざかっているのだと思い込んでいた。

オーストラリアでの出来事

学生生活も三年目の優花たちは、研修旅行で、オーストラリアに行くこととなった。早朝にシドニーの空港に到着した。ホテルに入る前に動物パークに行く。優花と朋美は旅先でも微妙に距離を置いて見学をしていた。なんとなく、常に優花は孤独を感じていた。

優花が心の中で呟く。

（こんなところに来てまで、石田さんに気を使うなんて、朋美の気が知れない）

パークで自由時間となり、集合時間まで一時間以上もあった。優花はなんとなくフラッと、カンガルーの子供のスペースに向かった。説明をしてくれる人がいて、日本語で言った。

「このカンガルーの子供たちは、お客様から貰う餌が主食です。カンガルーの子供たちにそれぞれ餌を与えてやって下さい」

優花は餌を持って、恐る恐る柵に近づいていく。すると、大勢のカンガルーの子供が殺到する。優花は驚き、後退りした。

ふと見ると、あまり人間のいないところに、他のカンガルーに押し出された様子の一匹の子供のカンガルーがいた。怪我をしているのか、肩の辺りに包帯を巻いていて、明らかに毛並みも綺麗とはいえない。そのカンガルーの子供が優花を頼るように寄ってきた。優花は反射的に遠のいた。

（やだー、汚い！　あっちにいる子たちの方が可愛い）

と思い、餌を隠した。すると、さっと手を伸ばし、その汚いカンガルーの子供目掛けて餌を差し出した人がいた。(えっ誰?)と振り向くと、朋美だった。その汚いカンガルーの子は嬉しそうに餌を食べ、朋美が優しく頭を撫でると、そのカンガルーは両手で朋美の腕を抱えて頭をすり寄せた。

「よしよし大丈夫、大丈夫、そばにいるからね」

朋美が言うと、そこに石田もやって来て、

「ほうら、こっちのも食べて」

と餌を与えた。そして二人共、その汚いカンガルーから離れようとしなかった。優花はつまらなくなって言った。

「集合時間まで、まだまだ時間あるから、いろいろ見に行こうよ」

すると朋美が即座に答えた。

「あっ、私たちは大丈夫。集合の時間まで、この子のそばにいたい」

優花は、思った。

(ここはオーストラリアなのよ。いろいろ見学しないでカンガルーの子供と一緒にいると言うの? そのカンガルー一匹のために、付き合ってられない)

優花は一人でその場を離れ、園内を一通り見学する。日本では見られないカラフルで大きな鳥たちも良かったと思いながら集合場所に向かった。すると、さっきのカンガルーの子供の柵に観光客が大勢集まっていた。優花が近づいていくと、朋美と石田を中心に、あの汚いカンガルーの子供のところに人が集まり、撫でたりしていた。朋美たちがあのカンガルーを可愛がる姿を見て、皆、気が付いたのだろう。綺麗で可愛いカンガルーにだけ餌をあげていては不公平であることに。そして、必死に朋美に甘えてくる子カンガルーに感動したのかもしれない。

優花は、朋美には人を惹き付ける何かがあるのだろうと感じていた。気が付くと、いつも朋美が中心になっている。だが、優花は納得いかなかった。自分よりも地味で目立たない朋美なのに、常に中心になっていくのは、不思議に思えた。

その夜、ホテルに到着。二人一部屋のため、優花は当然朋美と同室と決めていた。もちろん、朋美も承諾していたことだ。

しかし、バイキングスタイルの夕食を済ませると、朋美は、「石田さんたちの部屋に寄ってから部屋に戻るので、優ちゃんは先に部屋に行ってて」と言って、石田たちの部屋に行ってしまった。

優花は一人部屋に戻る。（何で一人なのよ……）と、優花は何か納得できないと感じつつ時を過ごしていた。

朋美は、夜の九時を回っても戻ってこなかった。優花が、ぼやく。

「何なのよ。オーストラリアに来てまで、石田さんの機嫌取りなんて！ 大体、石田さんも、私が一人部屋にいるのだから気を使って、朋美に帰るように言えばいいじゃない。もう我慢できない、石田さんの非常識には」

そして優花は、石田たちの部屋の前に立つ。優花は朋美との思い出をたくさん作りたいと思い、それを石田に邪魔されたという腹立たしさを込めて強くノックをした。

中から「はーい」と言う声が聞こえてドアが開いた。

石田と同室の原田直美が立っていた。

奥から朋美と石田の笑い声が聞こえてきた。

原田が言う。

「あら中山さん、橋本さーん！　中山さんが迎えに来たわよ」

「あっ、優ちゃん、今ね、例の子供のカンガルーの話をしていたところよ」

原田が、どうぞという仕草をして優花を招き入れた。

「仲良く話しているところに水を差すようだけど、今何時だと思っているの？」

優花は思わず責めるような言い方になってしまう。「私も一緒におしゃべりしたい」とは言えないのだった。

「あ、優ちゃん、ごめんね。話し込んでしまって時間が経つのが分からなかったわ」

「もう、いい加減にしたら。石田さんに気を使って付き合っているみたいだけど、学園の研修旅行は一度しかないのよ。自分の思い出作りをした方がいいと思うわ」

「それ、どういう意味。なぜ朋ちゃんが私に気を使って合わせていると言うの？」

石田がすぐ反応した。

「えー、気付いてないの？　石田さんのところでアルバイトをさせてもらっているから、朋美はあなたに忖度しているってこと」

今度は石田でなく、朋美がすかさず答えた。

「は？　そんなことない。絶対に、ないわ」

「じゃ、どうして親友の私を放って、石田さんのところに来ているの？　昼間も、バスから降りると、私のことなどそっちのけで石田さんにベッタリじゃない」

優花の寂しさが分かったので、朋美も正直になろうとして言った。

「そ、それは、優ちゃんを一人にするつもりはないの……でも優ちゃんと二人きりになるのが少し……怖いの」

「はっ、どういうこと？」

そこに口をはさんだのは石田勝枝だった。

「まだ分からないの？　あなたと二人きりになると、あなたは親切のつもりでも、朋ちゃんにとっては束縛されて、いろいろなことを押し付けられるようなものなの。あなたは知らないと思うけど、朋ちゃんが学園に大学生として通うことになり四年制大学に編入したことで、朋ちゃんのお兄さんは大学院に進むことを諦め、就職したのよ。

そりゃ、朋ちゃんは幼い頃から教師になるのが夢だったから悩んで悩んで家族に相談して、お兄さんが朋ちゃんの夢を応援すると言ってくれたのよ。あなたが思っているほど簡単なことじゃないの」

優花は朋美から何も聞かされていないことに動揺した。

「そうなの？　そうなの、朋美。私を、わざわざ避けるほど嫌っていたということなの。だったらどうして、もっと早く言ってくれなかったの。私、分かっていたら、この研修旅行には絶対参加しなかったのに。今まで生きてきて初めて親友ができたと思って、朋美との良い思い出をたくさん作ろうと思って参加したのに……最悪な研修旅行になったわ。私だって親に何十万円というお金を払ってもらって参加したのよ。こんな惨めな思いをするために親もお金を払ってくれたわけじゃないわ」

「ごめん、ごめんなさい。私が我がままだった。本当にごめんなさい」

朋美はこの時優花のある言葉が心に突き刺る。その言葉とは（惨めな思いをするために親に何十万というお金を払ってもらった……）自分の小さな我がままが優花だけでなく家族まで悲しい思いをさせてしまったことに後悔の念が溢れた。朋美は優花を傷付けたと感じ、謝りの言葉を繰り返した。でも、優花は頑なだった。

「しょうがないじゃない。あなたがそういう気持ちなら。私を親友と思ってなんかいないと分かった以上、私は明日、東京に帰ります」

「えっ、まだ一日しか過ごしてないのよ。まだいろいろ見たりできるし、明日はオペラハウスにも行くのに？」

朋美は、なんとか優花を止めたかった。

「いいの、放っておいて。私は改めて家族とオーストラリアに来るから。じゃ、さようなら」

と言い放って優花は部屋を出た。

次の朝、優花は「体調不良のため、かかりつけの病院に行く」という理由で一人、東京の自宅に帰っていった。それから優花と朋美は一言も口をきくことはなかった。

井上と亮の言葉

優花は、授業を休みがちになりながらも、なんとか単位を取得して卒業した。

卒業後、朋美は高校の家庭科の教師になった。優花は小学校の給食のカロリーを計算してメニューを決めていく栄養士になり、それぞれの道を進んでいった。

それから三年が過ぎ、優花のもとに橋本朋美から結婚式の招待状が届いたのだった。

優花は呟く。

「朋美は、人生順調なんだ……」

優花は、最初に栄養士として勤めた小学校が長く続かず、次に病院の食堂に勤務したが、これも続かなかった。どちらも料理長の立場の人やスタッフの皆との人間関係がうまくいかなかったのが原因だ。最初は親しくなっても、周りが徐々に優花を避けるようになっていく。

優花は、なぜ嫌われてしまうのか、思い悩んでいた。孤独を感じるようになっていった。どうしてなの！　と心中で叫ぶ。だが、その答えを突然知ることになる。

それは、優花が最近別れた恋人、井上忠《いのうえただし》に言われたことだった。

優花は亮と別れた後、なるべく条件の良い男性を探して、付き合った。だが、半年くらい過ぎると必ずと言っていいほど優花の方が振られてしまう。

井上忠は大手証券会社に勤務する男性で、優花にとって容姿も収入も申し分がなかった。その彼が少し前に優花に別れを告げてきたのだ。

「別れよう」

と突然言われ、優花は食い下がった。

「どうして。理由を言ってよ。私があなたに何をしたと言うの？　私は私なりに尽しているつもりよ」

井上は、ハッキリ告げるのが優花のためと思って言った。

「そういうところ。優花ってさ、自分を完璧と思ってない？　そりゃ最初は親切で気の利く娘《こ》だなって思ったよ。でもさ、優花って頼んでもいないのに、いろいろしてくれるけどさ、その行動の内側に、『だから私を褒めてよ』『私って良い子でしょう』みたいな褒められたくてしょうがないのが見え見えなんだよ。それに、人の話も自分に関係ないことは上の空だし、そのくせ自分の下らないことを話し続ける。例えばショップの店員に『コーディネートが素敵』と言われたとか、俺にとってはどうでもいいことを声を弾ませて話してきて、もう面倒臭いんだよ。大体モデルでも女優でもないのに、もう少し地味な格好したらどうなんだよ、一緒にいると恥ずかしいよ！　もう、うんざりなんだよ、自慢話！」

……と、自分を全否定され、優花は唖然となった。

（私は……そんな人間ということ、なの？）

優花は何も言い返せなかった。あまりにも突然、思っていた自分と違いすぎる本当の自分を知らされた。そして、過去の様々なことを思い起こした。

言われてみれば、職場でも最初は人間関係も、それなりにうまくいっていた。でも時が経つうちに、なんとなく一人浮いてしまい、なんとなく嫌われているんだと思うようになってしまう。栄養士の仕事から離れ、派遣会社に登録をして仕事がくるのを待っている状態だが、その仕事も、一ヵ月くらいで次の仕事に変えてもらいたいと希望してしまう。

井上に自分自身を否定され、仕事に関してもますますやる気がなくなり、派遣会社から連絡が来ても断ることが多くなっていった。新しく恋人を作る気にもならなくなった。「こんな私なんて」と思えてくる。大学時代に朋美に嫌われてしまったことにも納得がいくのだった。あの頃は本当の朋美の気持ちを悟れずに傷付けていたということだったのだろう。

でも、自分の本当を知ることが、こんなに辛いなんて知らなかった。

こんな私のことを心から好きになってくれたのは、亮君だけだった。優花は強く思う。

(亮君に会いたい。亮君の声が聞きたい)

優花は、川島亮のアドレスも随分前に消去してしまっていた。ふと優花は思い出した。学生の時、皆のアドレスをノートにまとめて書いてあったことを。優花は夢中で机の引き出しを漁りだす。すると、出てきたのだ、アドレスノートが。

優花は、興奮しながらも必死で、川島亮の名前を探す……。

「あったあ！　見つけた！」

優花は、単純に嬉しかった。

(どうしよう！　電話、掛けてみようかな。あっ電話番号、変えてるかも……。そうよ、通じないかもしれない。それはそれで諦めもつく。ダメ元で、やっぱり掛けよう)

ルルルーという呼び出し音の後、つながった。

(あっ、通じた)

亮の声だった。

「え？　優ちゃん？　優ちゃんなの？」

「あっ、そう、お久しぶり」

「う…嬉しいよ。優ちゃんから電話を貰えるなんて。電話番号変えないでよかった」

懐かしい優しい声だった。

「突然、迷惑じゃなかった？」

「迷惑なわけないだろう。俺の憧れの優ちゃんからの電話なのに」

「えっそんな、私、亮君を傷付けてしまったのに」

「それは、仕方ないよ。俺が悪かったんだから」

「今、どうしているの。バーテンダーのお仕事しているの？」

「ううん。今はバーテンダーはしてないよ。優ちゃんに振られて、真剣にいろいろ考えて料理の勉強をして、レストランで見習いから始めて、今、やっと帝戸ホテルのシェフになれたところだよ。もしも優ちゃんと会える日が来たら、優ちゃんが望んでくれる職業に就いていたかったから。自分にできることを考えて、料理をすることが好きだったし、学歴も問われない。それに、バーテンダーをしていたから、どの料理にどのワインが合うかも少しは分かるから、シェフの道しかないと思って、奮闘して、ここまでになれた。優ちゃんのおかげだよ。もちろん、バーテンダーの仕事も極めればすごいことだと思っている。でも、やっぱり優ちゃんに、少しでも認めてもらいたかった。優ちゃんは今？　あっ結婚しているか」

優花は昔のままの亮の声を聞き自分の浅はかさを感じた。目の前だけを見てバーテンダーの亮君を拒否してしまった。大好きな亮君だったのに拒否してしまった。

「えっ、まだ結婚はしてないわ」

「じゃ婚約しているの？」

突然の質問に、優花は戸惑った。本当は、「亮君が会いに来てくれるのを待っていたの」と言いたいところだけど。昔の私なら、しらっと言えたかもしれないと優花は思う。だが、口から出た言葉は、「えっ、まあね」だった。

亮は残念そうに言った。

「だよな。彼は素敵な男性なんだよね、立派な人なんだろうな」

「そんなことないわよ。ただの証券会社の社員よ」

と思わず別れた井上のことを言ってしまった。なぜならば、今の惨めな自分を悟られたくないからだ。

「でも、振られるかもしれないわ」

「何言ってんだよ。優ちゃんが振られるわけないだろう。優ちゃんは魅力的だから。正直で素直で、それにおしゃれでセンスが良くて、俺の憧れの女性だ！」

優花は嬉しくて感動してしまい、泣きそうになった。すると亮が言った。

「そっかー婚約しているか……そうだよな、俺もこれで決心ついたよ」

「え、どういうこと」

「うん、彼女とフランスに行くこと」

「え？ 何」

「うん、シェフになるまでは、全然彼女なんて作る気もなかった。最初は俺の料理を気に入ってくれて、毎日のように来てくれていたお客様だったのだけど、彼女、あ、ルイーズっていって、フランスの女性なんだけど、いろいろアドバイスをしてくれたり、褒めてくれたりしているうちに個人的に会うようになって。パリのパラスホテルのシェフと知り合いらしくて、紹介するから、一緒にフランスに行って本格的に勉強してほしいと言われてるんだ。でも俺、優ちゃんのこと忘れられなくて、なんとなく決心がつかなかった。確かに、優ちゃんに今さら相手にされることはないって分かっていたけれど、どこかで、もしかしたらという気持ちもあった。フランスに行けば優ちゃんと再会できる可能性が皆無になると思って。だから、これではっきり決心できたよ。本当はパリに行って本格的に勉強したいと思って、ルイーズにフランス語を習っていたんだ。多分、フランスに行ったら彼女と結婚することになると思う。ルイーズは、一生懸命、俺のことを思ってくれているから、その思いに応えたいと思っている。あっ、そうだ。優ちゃん、ぜひパリに来てよ。結婚したら彼と一緒に。優ちゃんに俺の料理を食べてほしい」

「うん、そうだね。きっと行くね。亮君、幸せになってね」

「うん、分かったありがとう」

亮はもう優花とこんなふうに話せることはないだろうと思い、通話を切りたくないという思いで話を続けた。

「慎之介も結婚したよ。俺たち、会って酒を飲むたびに優ちゃんと朋美ちゃんの話になるんだ。朋美ちゃんと別れたばかりの頃の慎之介は、『僕たちに結婚という文字は

ない。一生朋ちゃんと優ちゃんを思って生きていこう』なんて言っていたのに、大学病院のインターンになり、外科の女医と出逢って、結構、年齢は上なんだけど、なんとなく朋美ちゃんの面影と重なり、付き合い始めた。彼女に『あなたに出逢うためにに独身でいたのよ』なんて言われて、あっさり結婚したよ。やっと朋美ちゃんの存在が思い出になったと言っていたな……。俺も、これからは優ちゃんとの思い出を宝に、ルイーズを幸せにするよ。優ちゃんも、振られるかもなんて言わないで、好きなら絶対離すなよ」

「うん、そう、そうだね」

優花は、通話を切った。

優花の心に、亮の最後の言葉が耳に残った。

「好きなら絶対に離すなよ」

……私は……私は最愛のあなたを離してしまった。優花はたまらなく悲しくて、大声で泣きじゃくった。

（あの頃、こんな私をいっぱい褒めてくれた優しい亮君……遠い遠い手の届かない人になってしまった）

朋美の手紙

優花は、何もかもがいやになった。この現実が悲しすぎると強く思った。でも、こんな現実にしたのは、紛れもなく自分自身。一度失ってしまったものは戻ってはこない。全て自分自身のせいなのだ。（私……死んじゃった方がいいのかな。生きていることが、こんなに惨めで辛いなら死んでしまえば楽になれる……。あの頃、朋美や亮君に出逢ったあの頃に戻りたいな……）

ふと、机の上にある朋美からの招待状に添えられた手紙に目をやる。すると、その文面の「感謝しています」という文字が飛び込んできた。

（えっ、こんな私の何に感謝しているというの？）

優花は朋美からの手紙を読み始めた。

——あの時、中山さんに背中を押してもらわなかったら、今の私はない。この幸せもなかった。私は本当に教師になってよかった。同じ職場の彼と出逢って、本当に幸せです。兄もあの時就職した会社で、生き甲斐を持って働いています。兄の実力が認められ、役員になりました。兄の若さで役員になるのは異例の出世のようです。

中山さん、いいえ優ちゃん、本当にありがとう。心から感謝しています——

優花は、救われた。朋美には嫌われていると思い込んでいた。自分が朋美に感謝されている。

再び、涙がこみ上げた。

（朋美、私の初めての友達。あなたは素晴らしい友だった。今やっと、あなたの人間性の素晴らしさに気付きました。朋美は、あの頃から目の前の損得に振り回されず、

自分自身をしっかり見つめ、判断できる人だった。

そんなあなたが、今の私だったら、どうするだろう……朋美だったら自ら死ぬなんてことはしない。かと言って適当な人と結婚するとか、自分から逃げ出すなんてこともしない。愛する人が手の届かない人になってしまったとしたら、きっとあなたは、自分の中の異性の存在を消し、次に自分が幸せを感じることは何かと考えるはず。

……朋美、分かったわ。私が幸せを感じること、それは、洋服を選んでいる時。そして、その服に合わせて靴やバッグをコーディネートして、それを身に着けることが楽しくて幸せ。だから私、これからはアパレル関係の仕事を探すわ。ファッション関係の勉強を、そう、亮君のように一から始めてファッションコーディネーターを目指すね。

私の人生の迷いに最善の道を教えてくれる。私の人生の道しるべになってくれるあなたは、やっぱり私の親友です。朋美、きっとあなたに辿り着くね）

著者プロフィール

松村 俊孝（まつむら しゅんこう）

1953年生まれ。
聖徳学園短期大学卒業。
お好み焼き「ともちゃん」を営みながら小説を書いている。
千葉県在住。

（著書）
『意地悪　富恵の生き甲斐』（2020年、文芸社）

親友に辿り着くまで

2022年８月15日　初版第１刷発行

著　者　松村 俊孝
発行者　瓜谷 綱延
発行所　株式会社文芸社
〒160-0022　東京都新宿区新宿１－10－１
電話　03-5369-3060（代表）
03-5369-2299（販売）

印刷所　株式会社エーヴィスシステムズ

ISBN978-4-286-23947-7